Selma Lagerlöf · Maren Briswalter

Die Legende von der Christrose

Urachhaus

Die Räubermutter, die in der Räuberhöhle oben im Göinger Wald hauste, hatte sich eines Tages auf einen Bettelzug in das Flachland hinunterbegeben. Der Räubervater war ein friedloser Mann und durfte den Wald nicht verlassen. Er musste sich damit begnügen, den Wegfahrenden aufzulauern, die sich in den Wald wagten; doch zu der Zeit, als der Räubervater und die Räubermutter sich in dem Göinger Wald aufhielten, gab es im nördlichen Schonen nicht allzu viele Reisende.

Wenn es sich also begab, dass der Räubervater ein paar Wochen lang kein Glück gehabt hatte, dann machte sich die Räubermutter auf die Wanderschaft. Sie nahm ihre fünf Kinder mit, und jedes der Kleinen hatte zerfetzte Fellkleider und Holzschuhe und trug auf dem Rücken einen Sack, der gerade so groß war wie es selbst. Wenn die Räubermutter zu einer Haustür hereinkam, wagte niemand, ihr zu verweigern, was sie verlangte, denn sie überlegte manchmal nicht lange, sondern kehrte in der nächsten Nacht zurück und zündete das Haus an, in dem man sie nicht freundlich aufgenommen hatte. Die Räubermutter und ihre Nachkommenschaft waren ärger als die Wolfsbrut, und gar mancher hätte ihnen gern seinen guten Speer nachgeworfen, wenn nicht der Mann dort oben im Wald gewesen wäre und sich zu rächen gewusst hätte, wenn den Kindern oder der Alten etwas zuleide getan worden wäre.

Wie nun die Räubermutter bettelnd von Hof zu Hof zog, kam sie eines schönen Tages nach Öved, das zu jener Zeit ein Kloster war.

Sie klingelte an der Klosterpforte und verlangte etwas zu essen. Der Türhüter ließ ein kleines Schiebfensterchen herab und reichte ihr sechs runde Brote, eines für sie und eines für jedes Kind.

Während die Räubermutter still vor der Klosterpforte stand, liefen ihre Kinder umher. Dann kam eines von ihnen heran und zupfte sie am Rock, zum Zeichen, dass es etwas gefunden hätte, was sie sich ansehen sollte.

Die Räubermutter ging auch gleich mit ihm.

Das ganze Kloster war von einer hohen, starken Mauer umgeben, aber der kleine Junge hatte ein kleines angelehntes Hintertürchen gefunden. Die Räubermutter stieß sogleich das Pförtchen auf und trat, ohne erst viel zu fragen, ein, wie es eben bei ihr der Brauch war. Aber das Kloster Öved wurde zu jener Zeit von Abt Johannes regiert, der ein gar pflanzenkundiger Mann war. Er hatte sich hinter der Klostermauer einen kleinen Lustgarten angelegt, und in diesen drang sie nun ein.

Im ersten Augenblick war sie so erstaunt, dass sie regungslos stehen blieb. Es war Hochsommerzeit, und der Garten des Abtes Johannes stand so voll Blumen, dass es blau und rot und gelb vor den Augen flimmerte, wenn man hinsah. Aber bald zeigte sich ein vergnügtes Lächeln auf dem Gesicht der Räubermutter. Sie begann, einen schmalen Gang zwischen vielen kleinen Blumenbeeten hinunterzugehen.

Im Garten stand der Laienbruder, der Gärtnergehilfe war, und jätete das Unkraut aus. Er hatte die Tür in der Mauer halb offen gelassen, um Queckengras und Melde auf den Kehrichthaufen vor der Mauer werfen zu können.

Als er die Räubermutter mit ihren fünf Bälgern in den Lustgarten treten sah, stürzte er ihnen sogleich entgegen und befahl ihnen, sich zu trollen.

Die alte Bettlerin ging weiter, als sei nichts geschehen. Sie ließ die Blicke hinauf und hinab wandern, sah bald die starren weißen Lilien an, die sich auf einem Beet ausbreiteten, und bald den Efeu, der die Klosterwand hoch emporkletterte, und bekümmerte sich nicht im Geringsten um den Laienbruder.

Der Laienbruder dachte, sie hätte ihn nicht verstanden, und wollte sie am Arm nehmen, um sie nach dem Ausgang umzudrehen, aber die Räubermutter warf ihm einen Blick zu, vor dem er zurückprallte. Sie war unter ihrem Bettelsack mit gebeugtem Rücken gegangen, aber jetzt richtete sie sich zur vollen Höhe auf.

»Ich bin die Räubermutter aus dem Göinger Wald«, sagte sie. »Rühr mich nur an, wenn du es wagst.« Und es sah aus, als ob sie nach diesen Worten ebenso sicher wäre, in Frieden von dannen ziehen zu können, als hätte sie verkündet, dass sie die Königin von Dänemark sei.

Aber der Laienbruder wagte es dennoch, sie zu stören, obgleich er jetzt, wo er wusste, wer sie war, recht sanftmütig zu ihr sprach.

»Du musst wissen, Räubermutter«, sagte er, »dass dies ein Mönchskloster ist und dass es keiner Frau im Land gestattet ist, hinter diese Mauer zu treten. Wenn du nun nicht deiner Wege gehst, werden die Mönche mir zürnen, weil ich vergessen habe, das Tor zu schließen; sie werden mich vielleicht von Kloster und Garten verjagen.«

Doch solche Bitten waren an die Räubermutter verschwendet. Sie ging weiter durch die Rosenbeete und sah sich den Ysop an, der mit lilafarbenen Blüten bedeckt war, und das Kaprifolium, das voll rotgelber Blumentrauben hing.

Da wusste sich der Laienbruder keinen anderen Rat, als in das Kloster zu laufen und um Hilfe zu rufen. Er kam mit zwei handfesten Mönchen zurück, und die Räubermutter sah sogleich, dass es nun Ernst wurde. Sie stellte sich breitbeinig auf den Weg und begann mit gellender Stimme herauszuschreien, welche furchtbare Rache sie an dem Kloster nehmen würde, wenn sie nicht im Lustgarten bleiben dürfte, so lange sie wollte. Aber die Mönche fürchteten sie nicht und schickten sich an, sie zu vertreiben. Da stieß die Räubermutter schrille Schreie aus, stürzte sich auf die Mönche, kratzte und biss, und alle ihre Sprösslinge machten es ebenso. Die drei Männer merkten bald, dass sie ihnen überlegen war. Es blieb ihnen nichts anderes übrig, als in das Kloster zu gehen und Verstärkung zu holen.

Wie sie über den Pfad liefen, der in das Kloster führte, begegneten sie dem Abt Johannes, der herbeigeeilt war, um zu sehen, wer da im Lustgarten so lärmte. Da mussten sie gestehen, dass die Räubermutter aus dem Göinger Wald in das Kloster eingedrungen war. Abt Johannes tadelte sie, dass sie Gewalt angewendet hatten, und verbot, um Hilfe zu rufen. Er schickte die beiden Mönche zu ihrer Arbeit zurück, und obgleich er ein alter, gebrechlicher Mann war, nahm er nur den Laienbruder mit in den Garten.

Als Abt Johannes dort anlangte, ging die Räubermutter wie zuvor zwischen den Beeten umher. Er konnte sich nicht genug über sie wundern. Er war ganz sicher, dass die Räubermutter nie zuvor in ihrem Leben einen Lustgarten erblickt hatte. Aber wie dem auch sein mochte – sie ging zwischen allen den kleinen Beeten mit den fremden und seltsamen Blumen umher und betrachtete sie, als wären es alte Bekannte. Es sah aus, als hätte sie schon öfters Immergrün und Salbei und Rosmarin gesehen. Einigen Blumen lächelte sie zu, und über andere wieder schüttelte sie den Kopf.

Abt Johannes liebte seinen Garten mehr als alle anderen irdischen und vergänglichen Dinge. So wild und grimmig die Räubermutter auch aussah, so konnte er es doch nicht lassen, Gefallen daran zu finden, dass sie mit drei Mönchen gekämpft hatte, um die Blumen in Ruhe betrachten zu können. Er ging auf sie zu und fragte sie freundlich, ob ihr der Garten gefalle.

Die Räubermutter wendete sich heftig gegen Abt Johannes, denn sie war nur auf Hinterhalt und Überfall gefasst, aber als sie seine weißen Haare und seinen gebeugten Rücken sah, antwortete sie ganz freundlich: »Als ich ihn erblickte, schien es mir, als ob ich nie etwas Schöneres gesehen hätte, aber jetzt merke ich, dass er sich mit einem anderen Garten nicht messen kann, den ich kenne.«

Abt Johannes hatte sicherlich eine andere Antwort erwartet. Als er hörte, dass die Räubermutter einen Lustgarten kenne, der schöner wäre als der seine, bedeckten sich seine runzeligen Wangen mit einer schwachen Röte.

Der Gärtnergehilfe, der danebenstand, begann auch gleich die Räubermutter zurechtzuweisen.

»Dies ist Abt Johannes, Räubermutter«, sagte er, »der selber mit großem Fleiß und viel Mühe von fern und nah die Blumen für seinen Garten gesammelt hat. Wir wissen alle, dass es im ganzen schonischen Land keinen reicheren Lustgarten gibt, und es steht dir, die du das ganze liebe Jahr im wilden Wald hausest, wahrlich übel an, sein Werk zu tadeln.«

»Ich will niemand tadeln, weder ihn noch dich«, sagte die Räubermutter, »ich sage nur, wenn ihr den Lustgarten sehen könntet, an den ich denke, dann würdet ihr jegliche Blume, die hier steht, ausraufen und sie als Unkraut fortwerfen.«

Aber der Gärtnergehilfe war kaum weniger stolz auf die Blumen als Abt Johannes selbst, und als er diese Worte hörte, begann er höhnisch zu lachen.

»Ich kann mir wohl denken, dass du nur so schwätzest, Räubermutter, um uns zu reizen«, sagte er; »das wird mir ein schöner Garten sein, den du dir unter Tannen und Wacholderbüschen im Göinger Wald eingerichtet hast! Ich wollte meine Seele verschwören, dass du überhaupt noch nie hinter einer Gartenmauer gewesen bist.«

Die Räubermutter wurde rot vor Ärger, dass man ihr misstraute, und rief: »Es mag wohl sein, dass ich niemals zuvor hinter einer Gartenmauer gestanden habe, aber ihr Mönche, die ihr heilige Männer seid, solltet wohl wissen, dass der große Göinger Wald sich in jeder Weihnachtsnacht in einen Lustgarten verwandelt, um die Geburtsstunde unseres Herrn und Heilands zu feiern. Wir, die wir im Wald leben, sehen dies jedes Jahr. In diesem Lustgarten habe ich so herrliche Blumen geschaut, dass ich es nicht wagte, die Hand zu erheben, um sie zu brechen.«

Da lachte der Laienbruder noch lauter und stärker: »Es ist gar leicht für dich, dazustehen und mit Dingen zu prahlen, die kein Mensch sehen kann. Ich kann nicht glauben, dass der Wald Christi Geburtsstunde feiert, wenn so unheilige Leute darin wohnen wie du und der Räubervater.«

»Und das, was ich sage, ist doch ebenso wahr«, entgegnete die Räubermutter, »wie dass du es nicht wagen würdest, in einer Weihnachtsnacht in den Wald zu kommen, um es zu sehen.«

Der Laienbruder wollte ihr von Neuem antworten, aber Abt Johannes bedeutete ihm durch ein Zeichen, stillzuschweigen. Abt Johannes hatte schon seit seiner Kindheit erzählen hören, dass der Wald sich in der Weihnachtsnacht in ein Feierkleid hülle. Er hatte sich oft danach gesehnt, es zu sehen, aber es war ihm niemals gelungen. Nun begann er die Räubermutter zu bitten, sie möge ihn um die Weihnachtszeit in die Räuberhöhle kommen lassen. Wenn sie nur eins ihrer Kinder schickte, ihm den Weg zu zeigen, dann wollte er allein hinaufreiten und sie nie und nimmer verraten, sondern sie reich belohnen, wie es nur in seiner Macht stünde. Die Räubermutter weigerte sich zuerst, denn sie dachte an den Räubervater und an die Gefahr, der sie ihn preisgab, wenn sie Abt Johannes in ihre Höhle kommen ließe, aber dann wurde doch der Wunsch in ihr übermächtig, dem Abt zu zeigen, dass der Lustgarten, den sie kannte, schöner war als der seinige, und sie gab nach.

»Aber mehr als einen Begleiter darfst du nicht mitnehmen«, sagte sie. »Und du darfst uns keinen Hinterhalt legen, so gewiss du ein heiliger Mann bist.«

Dies versprach Abt Johannes, und damit ging die Räubermutter. Abt Johannes befahl dem Laienbruder, niemand zu verraten, was vereinbart worden war. Er fürchtete, dass die Mönche, wenn sie von seinem Vorhaben etwas erführen, einem alten Mann, wie er es war, nicht gestatten würden, hinauf in die Räuberhöhle zu ziehen. Auch er selbst wollte den Plan keiner Menschenseele verraten. Aber da begab es sich, dass der Erzbischof Absalon aus Lund gereist kam und eine Nacht in Öved verbrachte. Als nun Abt Johannes ihm seinen Garten zeigte, fiel ihm der Besuch der Räubermutter ein; und der Laienbruder, der dort umherging und arbeitete, hörte, wie der Abt dem Bischof von dem Räubervater erzählte, der nun seit vielen Jahren vogelfrei im Wald hauste, und um einen Freibrief für ihn bat, damit er wieder ein ehrliches Leben unter anderen Menschen beginnen könnte.

»Wie es jetzt geht«, sagte Abt Johannes, »wachsen seine Kinder zu ärgeren Missetätern heran, als er selbst einer ist, und wir werden es bald mit einer ganzen Räuberbande zu tun bekommen.«

Doch Erzbischof Absalon erwiderte, dass er den bösen Räuber nicht auf die ehrlichen Leute im Land loslassen wolle. Es sei für alle am besten, wenn er dort oben in seinem Wald bliebe.

Da wurde Abt Johannes eifrig und begann dem Bischof vom Göinger Wald zu erzählen, der sich jedes Jahr rings um die Räuberhöhle weihnachtlich schmücke.

»Wenn diese Räuber nicht zu schlimm sind, Gottes Herrlichkeit zu sehen«, sagte er, »so können sie wohl auch nicht zu schlecht sein, um die Gnade der Menschen zu erfahren.«

Aber der Erzbischof wusste dem Abt zu antworten.

»So viel kann ich dir versprechen, Abt Johannes«, sagte er und lächelte, »an welchem Tage immer du mir eine Blume aus dem Weihnachtsgarten im Göinger Wald schickst, will ich dir einen Freibrief für alle Friedlosen geben, für die du bitten magst.«

Der Laienbruder sah, dass Bischof Absalon ebenso wenig wie er selbst an die Geschichte der Räubermutter glaubte, aber Abt Johannes merkte nichts davon, sondern dankte Absalon für sein gütiges Versprechen und sagte, die Blume wollte er ihm schon schicken.

Abt Johannes setzte seinen Willen durch, und am nächsten Weihnachtsabend saß er nicht daheim in Öved, sondern war auf dem Weg nach Göinge. Einer der wilden Jungen der Räubermutter lief vor ihm her. Der Knecht, der im Lustgarten mit der Räubermutter gesprochen hatte, begleitete ihn. Abt Johannes hatte sich den ganzen Herbst schon sehr nach dieser Reise gesehnt und freute sich nun, dass sie zustande gekommen war.

Ganz anders stand es mit dem Laienbruder, der ihm folgte. Er hatte Abt Johannes von Herzen lieb und würde es nicht gern einem anderen überlassen haben, ihn zu begleiten und über ihn zu wachen, aber er glaubte keineswegs, dass sie einen Weihnachtsgarten zu Gesicht bekommen würden. Er dachte, dass die Räubermutter Abt Johannes mit großer Schlauheit hereingelegt hatte, damit er ihrem Mann in die Hände falle.

Während Abt Johannes nordwärts zum Wald ritt, sah er, wie überall Anstalten getroffen wurden, das Weihnachtsfest zu feiern. In jedem Bauernhof machte man Feuer in der Badehütte; aus den Vorratskammern wurden große Mengen von Fleisch und Brot in die Wohnungen getragen, und aus den Tennen kamen die Burschen mit großen Strohgarben, die über den Boden gestreut werden sollten.

Als der Abt an dem kleinen Dorfkirchlein vorüberritt, sah er, wie der Priester und seine Küster damit beschäftigt waren, sie mit den besten Geweben zu schmücken, die sie nur hatten auftreiben können; und als er zu dem Weg kam, der nach dem Kloster Bosjö führte, sah er die Armen mit großen Brotlaiben und langen Kerzen daherwandern, die sie an der Klosterpforte bekommen hatten.

Als Abt Johannes alle diese Weihnachtszurüstungen sah, spornte er zur Eile an. Er dachte daran, dass seiner das größte Fest harrte.

Doch der Knecht jammerte und klagte, als er sah, wie sie sich auch in der kleinsten Hütte anschickten, das Weihnachtsfest zu feiern. Er wurde immer ängstlicher und bat und beschwor Abt Johannes, umzukehren und sich nicht freiwillig in die Hände der Räuber zu geben.

Aber Abt Johannes ritt weiter, ohne sich um die Klagen zu kümmern. Er hatte bald das Flachland hinter sich und kam nun hinauf in die einsamen, wilden Wälder. Hier wurde der Weg schlechter. Er war eigentlich nur noch ein steiniger, nadelbestreuter Pfad; nicht Brücke und Steg führten über die Flüsse und Bäche. Je länger sie ritten, desto kälter wurde es, und tief drinnen im Wald war der Boden mit Schnee bedeckt.

Es war ein langer und beschwerlicher Ritt. Sie zogen auf steilen und schlüpfrigen Pfaden über Moor und Sumpf, drangen durch Windbrüche und Dickicht.

Gerade als der Tag zur Neige ging, führte der Räuberjunge sie über eine Waldwiese, die von nackten Laubbäumen und grünen Nadelbäumen umgeben war. Hinter der Wiese erhob sich eine Felswand, und in der Felswand war eine Tür aus rohen Planken. Abt Johannes stieg vom Pferd. Das Kind öffnete ihm die schwere Tür, und er sah eine ärmliche Berggrotte mit nackten Steinwänden.

Die Räubermutter saß an einem Blockfeuer, das mitten auf dem Boden brannte; an den Wänden waren Lagerstätten aus Tannenreisig und Moos, und auf einer von ihnen lag der Räubervater und schlief.

»Kommt herein, ihr dort draußen!«, rief die Räubermutter, ohne aufzusehen. »Und nehmt die Pferde mit, damit sie nicht draußen in der Nachtkälte zugrunde gehen!«

Abt Johannes trat nun kühn in die Grotte, und der Laienbruder folgte ihm. Da sah es ganz ärmlich und dürftig und gar nicht weihnachtlich aus. Die Räubermutter hatte weder gebraut noch gebacken; sie hatte weder gefegt noch gescheuert. Ihre Kinder lagen auf der Erde rings um einen Kessel, in dem nur dünne Wassergrütze war.

Doch die Räubermutter war ebenso stolz und selbstbewusst wie nur irgendeine wohlbestallte Bauersfrau.

»Setze dich nun hier ans Feuer, Abt Johannes, und wärme dich«, sagte sie, »und wenn du Wegzehrung mitgebracht hast, so iss, denn was wir hier im Wald kochen, wird dir wohl nicht munden. Und wenn du vom Ritt müde bist, kannst du dich auf einer dieser Lagerstätten ausstrecken. Du brauchst keine Angst zu haben, dass du verschlafen könntest. Ich sitze hier am Feuer und wache, ich werde dich schon wecken, damit du zu sehen bekommst, wonach du geritten bist.«

Abt Johannes gehorchte der Räubermutter in allen Stücken und nahm seinen Schnappsack hervor. Aber er war nach dem Ritt so müde, dass er kaum zu essen vermochte; und sowie er sich auf dem Lager ausgestreckt hatte, schlummerte er ein.

Dem Laienbruder ward auch eine Ruhestatt angewiesen, aber er wagte nicht, zu schlafen. Er wollte ein wachsames Auge auf den Räubervater haben, damit dieser nicht aufstünde und Abt Johannes fesselte. Allmählich jedoch erlangte die Müdigkeit auch über ihn solche Gewalt, dass er einschlummerte.

Als er erwachte, sah er, dass Abt Johannes sein Lager verlassen hatte, am Feuer saß und mit der Räubermutter Zwiegespräch pflog. Der Räubervater saß daneben. Er war ein hochaufgeschossener magerer Mann und sah schwerfällig und trübsinnig aus. Er kehrte Abt Johannes den Rücken, und es sah aus, als wolle er nicht zeigen, dass er dem Gespräch lauschte.

Abt Johannes erzählte der Räubermutter von den Weihnachtsvorbereitungen, die er unterwegs gesehen hatte. Er erinnerte sie an die Weihnachtsfeste und die fröhlichen Weihnachtsspiele, die wohl auch sie in ihrer Jugend mitgemacht hatte, als sie noch nicht geächtet war, sondern in Frieden unter den Menschen lebte.

»Es ist ein Jammer, dass eure Kinder nie auf der Dorfstraße umhertollen oder im Weihnachtsstroh spielen dürfen«, sagte Abt Johannes. Die Räubermutter hatte ihm kurz und barsch geantwortet, aber so allmählich wurde sie kleinlauter und lauschte eifrig. Plötzlich wendete sich der Räubervater gegen Abt Johannes und hielt ihm die geballte Faust vor das Gesicht.

»Du elender Mönch, bist du hierhergekommen, um Weib und Kinder von mir fortzulocken? Weißt du nicht, dass ich ein friedloser Mann bin und diesen Wald nicht verlassen darf?«

Abt Johannes sah ihm unerschrocken und gerade in die Augen.

»Mein Wille ist es, dir einen Freibrief vom Erzbischof zu verschaffen«, sagte er.

Kaum hatte er dies gesagt, als der Räubervater und die Räubermutter ein schallendes Gelächter anschlugen. Sie wussten nur zu wohl, welche Gnade ein Waldräuber vom Bischof Absalon zu erwarten hatte.

»Ja, wenn ich einen Freibrief von Absalon bekomme«, sagte der Räubervater, »dann gelobe ich dir, nie mehr auch nur eine Gans zu stehlen.«

Den Gärtnergehilfen verdross es sehr, dass das Räuberpack sich vermaß, Abt Johannes auszulachen, aber dieser selbst schien es ganz zufrieden zu sein. Der Knecht hatte ihn kaum je friedvoller und milder unter seinen Mönchen auf Öved sitzen sehen, als er ihn jetzt unter den wilden Räubersleuten sah.

Plötzlich sprang die Räubermutter auf.

»Du sitzest hier und plauderst, Abt Johannes«, sagte sie, »und wir vergessen ganz, nach dem Wald zu sehen. Jetzt höre ich bis in unsere Höhle, wie die Weihnachtsglocken läuten.«

Kaum war dies gesagt, als alle aufsprangen und hinausliefen; aber im Wald war noch dunkle Nacht und grimmiger Winter. Das Einzige, was man vernahm, war ferner Glockenklang, der von einem leisen Südwind hergetragen wurde.

›Wie soll dieser Glockenklang den toten Wald wecken können?‹, dachte Abt Johannes. Denn jetzt, wo er mitten im Waldesdunkel stand, schien es ihm viel unmöglicher als zuvor, dass hier ein Lustgarten erstehen könnte.

Aber als die Glocke ein paar Augenblicke geläutet hatte, zuckte plötzlich ein Lichtstrahl durch den Wald. Gleich darauf wurde es wieder dunkel, aber dann kam das Licht wieder. Es kämpfte sich wie ein leuchtender Nebel durch die dunklen Bäume. Langsam ging die Dunkelheit in schwache Morgendämmerung über.

Da sah Abt Johannes den Schnee vom Boden verschwinden, als hätte jemand einen Teppich fortgezogen; und die Erde begann zu grünen. Das Farnkraut streckte seine Triebe hervor. Die Erika, die auf dem Felshang wuchs, und der Porsch, der im Moor wurzelte, kleideten sich rasch in frisches Grün. Die Mooshügelchen schwollen und hoben sich; und die Frühlingsblumen schossen mit schwellenden Knospen auf und hatten schon einen Schimmer von Farbe.

Abt Johannes klopfte das Herz heftig, als er die ersten Zeichen sah, dass der Wald erwachen wollte. – ›Soll nun ich alter Mann ein solches Wunder schauen?‹, dachte er. Und die Tränen wollten ihm in die Augen treten.

Nun wurde es wieder so dämmrig, dass er fürchtete, die nächtliche Finsternis könnte aufs Neue Macht erlangen. Aber sogleich flutete eine neue Lichtwelle herein. Die brachte das Bachgemurmel und das Rauschen eisbefreiter Bergströme mit. Da schlugen die Blätter der Laubbäume so rasch aus, als hätten sich grüne Schmetterlinge auf den Zweigen niedergelassen. Und nicht nur die Bäume und Pflanzen erwachten. Die Kreuzschnäbel begannen über die Zweige zu hüpfen. Die Spechte hämmerten an die Stämme, dass die Holzsplitter nur so flogen. Ein Zug Stare ließ sich in einem Tannenwipfel nieder, um auszuruhen. Es waren prächtige Stare. Die Spitze jedes kleinen Federchens leuchtete glänzend rot. Wenn die Vögel sich bewegten, glitzerten sie wie Edelsteine.

Wieder wurde es für ein Weilchen still, aber bald begann es von Neuem. Ein starker, warmer Südwind blies und säte über die Waldwiese alle die Samen aus südlichen Ländern, die von Vögeln und Schiffen und Winden in das Land gebracht worden waren. Sie schlugen Wurzeln und schossen Triebe in dem Augenblick, da sie den Boden berührten.

Als die nächste Welle kam, fingen Blaubeeren und Preiselbeeren zu blühen an. Wildgänse und Kraniche riefen hoch oben in der Luft; die Buchfinken bauten ihr Nest; Eichhörnchen spielten in den Baumzweigen.

Alles ging nun so rasch, dass Abt Johannes gar nicht mehr überlegen konnte; er konnte nur Augen und Ohren weit aufmachen. Die nächste Welle, die herangebraust kam, brachte den Duft frisch gepflügter Felder. Aus weiter Ferne hörte man Hirtinnen die Kühe locken und die Glöckchen der Lämmer klingeln. Tannen und Fichten bekleideten sich so dicht mit kleinen roten Zapfen, dass die Bäume wie Seide leuchteten. Der Wacholder trug Beeren, die jeden Augenblick die Farbe wechselten. Und die Waldblumen bedeckten den Boden, dass er ganz weiß und blau und gelb war. Abt Johannes beugte sich zur Erde und brach eine Erdbeerblüte. Und während er sich aufrichtete, reifte die Beere.

Die Füchsin kam mit einer großen Schar von schwarzbeinigen Jungen aus ihrer Höhle. Sie ging auf die Räubermutter zu und rieb sich an ihrem Rock. Die Räubermutter beugte sich zu ihr hinunter und lobte ihre Jungen. Der Uhu, der eben seine nächtliche Jagd begonnen hatte, kehrte ganz erstaunt über das Licht wieder nach Hause zurück, suchte seine Schlucht auf und legte sich schlafen.

Der Kuckuck rief; und das Kuckucksweibchen umkreiste mit einem Ei im Schnabel die Nester der Singvögel.

Die Kinder der Räubermutter stießen zwitschernde Freudenschreie aus. Sie aßen sich an den Waldbeeren satt, die groß wie Tannenzapfen an den Sträuchern hingen. Eines spielte mit einer Schar junger Hasen, ein anderes lief mit den jungen Krähen um die Wette, die aus dem Nest gehüpft waren, das dritte hob die Natter vom Boden und wickelte sie sich um den Hals und Arm.

Der Räubervater war draußen auf dem Moor und aß Brombeeren. Als er aufsah, stand ein großes schwarzes Tier neben ihm. Da brach der Räubervater einen Weidenzweig und schlug dem Bären auf die Schnauze.

»Bleib du, wo du hingehörst«, sagte er. »Das ist mein Platz.« Da machte der Bär kehrt und trabte davon.

Immer wieder kamen neue Wellen von Wärme und Licht. Entengeschnatter klang vom Waldmoor herüber. Gelber Blütenstaub von den Feldern schwebte in der Luft. Schmetterlinge kamen, so groß, dass sie wie fliegende Lilien aussahen. Das Nest der Bienen in einer hohlen Eiche war schon so voll von Honig, dass er am Stamm heruntertropfte. Jetzt begannen auch die Blumen sich zu entfalten, deren Samen aus fremden Ländern gekommen waren.

Die Rosenbüsche kletterten um die Wette mit den Brombeeren die Felswand hinan, und auf der Waldwiese sprossen Blumen, so groß wie ein Menschengesicht. Abt Johannes dachte an die Blume, die er für Bischof Absalon pflücken wollte, aber eine Blume wuchs herrlicher heran als die andere, und er wollte die allerschönste wählen.

Welle um Welle kam, und jetzt war die Luft so von Licht durchtränkt, dass sie glitzerte. Und alle Lust und aller Glanz und alles Glück des Sommers lächelte rings um Abt Johannes. Es war ihm, als könnte die Erde keine größere Freude bringen. Aber das Licht strömte noch immer, und Abt Johannes fühlte, dass überirdische Luft ihn umwehte. Zitternd erwartete er des Himmels Herrlichkeit.

Abt Johannes merkte, dass alles still wurde: Die Vögel verstummten, die jungen Füchslein spielten nicht mehr, und die Blumen hörten auf zu wachsen. Eine Seligkeit nahte, die das Herz stillstehen ließ; das Auge weinte, ohne dass es darum wusste, die Seele sehnte sich, in die Ewigkeit hinüberzufliegen. Aus weiter, weiter Ferne hörte man leise Harfentöne und überirdischen Gesang. Abt Johannes faltete die Hände und sank in die Knie. Sein Gesicht strahlte von Seligkeit. Nie hatte er erwartet, dass es ihm beschieden sein würde, schon in diesem Leben des Himmels Wonne zu kosten und die Engel Weihnachtslieder singen zu hören.

Aber neben Abt Johannes stand der Gärtnergehilfe, der ihn begleitet hatte. Er sah den Räuberwald voll Grün und Blumen, und er wurde zornig in seinem Herzen, weil er erkannte, dass er einen solchen Lustgarten nie und nimmer schaffen konnte, so sehr er sich auch mit Hacke und Spaten mühen mochte. Er vermochte nicht zu begreifen, warum Gott solche Herrlichkeit an das Räubergesindel verschwende, das seine Gebote missachtete.

Finstere Gedanken zogen durch seinen Kopf. ›Das kann kein rechtes Wunder sein‹, dachte er, ›das sich bösen Missetätern zeigt. Das kann nicht von Gott stammen; das ist aus Zauberei entsprungen. Die Macht des bösen Feindes hat uns verhext und zwingt uns, das zu sehen, was nicht vorhanden ist.‹

In der Ferne hörte man Engelsharfen klingen und Engelsgesang ertönen, aber der Laienbruder glaubte, dass es die böse Macht des Teufels sei.

»Sie wollen uns locken und verführen«, seufzte er, »nie kommen wir mit heiler Haut davon; wir werden betört und der Hölle verkauft.«

Jetzt waren die Engelscharen so nahe, dass Abt Johannes ihre Lichtgestalten zwischen den Stämmen des Waldes schimmern sah. Und der Laienbruder sah dasselbe wie er, aber er hielt es für Arglist der bösen Geister und war empört, dass sie ihre Künste gerade in der Nacht trieben, in der der Heiland geboren war. Dies geschah ja nur, um die Christen umso sicherer ins Verderben zu stürzen.

Vögel umschwärmten das Haupt des Abtes, und er nahm sie in seine Hände. Aber vor dem Laienbruder fürchteten sich die Tiere; kein Vogel setzte sich auf seine Schulter, und auch keine Schlange spielte zu seinen Füßen.

Nun war da eine kleine Waldtaube. Als sie merkte, dass die Engel nahe waren, nahm sie ihren ganzen Mut zusammen und flog dem Laienbruder auf die Schulter und schmiegte das Köpfchen an seine Wange. Da vermeinte er, dass ihm der Zauber endgültig auf den Leib rückte. Er wollte sich aber nicht in Versuchung führen und verderben lassen; er schlug mit der Hand nach der Waldtaube und rief mit lauter Stimme, dass es durch den Wald hallte: »Fahr zur Hölle, woher du gekommen bist!«

In diesem Augenblick waren die Engel so nahe, dass Abt Johannes den Hauch ihrer mächtigen Fittiche fühlte. Er hatte sich zur Erde geneigt, sie zu grüßen, aber als die Worte des Laienbruders ertönten, verstummte urplötzlich ihr Gesang, und die heiligen Gäste wandten sich zur Flucht. Ebenso flohen das Licht und die milde Wärme vor Schreck über die Kälte und Finsternis in einem Menschenherzen. Die Dunkelheit sank wieder auf die Erde herab; die Kälte kam, die Pflanzen verwelkten, die Tiere enteilten; das Rauschen der Wasserfälle verstummte; das Laub fiel von den Bäumen. Abt Johannes fühlte, wie sein Herz, das eben vor Seligkeit gezittert hatte, sich jetzt in unsäglichem Schmerz zusammenkrampfte. Niemals kann ich dies überleben, dachte er, dass die Engel des Himmels mir so nahe waren und vertrieben wurden, dass sie mir Weihnachtslieder singen wollten und in die Flucht gejagt wurden.

In demselben Augenblick erinnerte er sich an die Blume, die er Bischof Absalon versprochen hatte, und er beugte sich zur Erde und tastete unter dem Moos und Laub, um noch etwas zu finden. Aber er fühlte, wie die Erde unter seinen Fingern gefror und wie der weiße Schnee über den Boden geglitten kam. Da ward sein Herzeleid noch größer. Er konnte sich nicht erheben, sondern musste auf dem Boden liegen bleiben.

Als die Räubersleute und der Laienbruder sich in der tiefen Dunkelheit zur Höhle zurückgetappt hatten, da vermissten sie Abt Johannes. Sie nahmen glühende Scheite aus dem Feuer und zogen aus, ihn zu suchen; und sie fanden ihn tot auf der Schneedecke liegen.

Und der Laienbruder hub an zu weinen und zu klagen, denn er erkannte, dass er es war, der Abt Johannes getötet hatte, weil er ihm den Freudenbecher entrissen, nach dem er gelechzt hatte.

Als Abt Johannes nach Öved hinuntergebracht worden war, sahen die Totenpfleger, dass er seine rechte Hand hart um etwas geschlossen hielt. Er musste es in seiner Todesstunde umklammert haben. Und als sie die Hand endlich öffnen konnten, fanden sie ein paar weiße Wurzelknollen. Als der Laienbruder, der Abt Johannes geleitet hatte, diese Wurzeln sah, nahm er sie und pflanzte sie in des Abtes Garten in die Erde.

Er pflegte sie und wartete das ganze Jahr, dass eine Blume daraus erblühe, doch er wartete vergebens den ganzen Frühling und Sommer und Herbst.

Als endlich der Winter anbrach und alle Blätter und Blumen tot waren, hörte er auf zu warten. Als aber der Weihnachtsabend kam, wurde die Erinnerung an Abt Johannes so mächtig, dass er in den Lustgarten hinausging, seiner zu gedenken. Und siehe, als er an die Stelle kam, wo er die Wurzelknollen eingepflanzt hatte, da sah er üppige grüne Stängel, die schöne Blumen mit silberweißen Blüten trugen.

Da rief er alle Mönche von Öved zusammen; und als sie sahen, dass diese Pflanze am Weihnachtsabend blühte, wo alle anderen Blumen tot waren, wussten sie, dass es wirklich die Pflanze war, die Abt Johannes im Weihnachtslustgarten des Göinger Waldes gepflückt hatte.

Der Laienbruder bat die Mönche, da ein so großes Wunder geschehen sei, einige von den Blumen dem Bischof Absalon zu schicken. Als der Laienbruder vor Bischof Absalon hintrat, reichte er ihm die Blumen und sagte: »Dies schickt dir Abt Johannes. Es sind die Blumen, die er dir aus dem Weihnachtslustgarten im Göinger Wald versprach.«

Als Bischof Absalon die Blumen sah, die in dunkler Winternacht der Erde entsprossen waren, und als er die Worte hörte, wurde er so bleich, als wäre er einem Toten begegnet. Er schwieg eine Weile, dann sagte er: »Abt Johannes hat sein Wort gut gehalten; so will auch ich das meine halten.« Und er ließ einen Freibrief für den wilden Räuber ausstellen, der von Jugend an friedlos im Wald gelebt hatte.

Er übergab dem Laienbruder den Brief, und dieser zog damit von dannen, hinauf in den Wald und zur Räuberhöhle. Er trat am Weihnachtstag dort ein, doch der Räuber eilte ihm mit erhobener Axt entgegen.

»Ich will euch Mönche niederschlagen, so viel euer auch sind!«, rief er. »Sicherlich hat sich um euretwillen der Göinger Wald in dieser Nacht nicht in sein Weihnachtskleid gehüllt.«

»Es ist einzig und allein meine Schuld«, sagte der Laienbruder, »und ich will gerne dafür sterben. Aber zuerst muss ich dir eine Botschaft von Abt Johannes bringen.« Und er zog den Brief des Bischofs heraus und verkündete ihm, dass er nicht mehr vogelfrei sei, und zeigte ihm das Siegel Absalons, das an dem Pergament hing. »Fortab sollst du mit deinen Kindern im Weihnachtsstroh spielen und das Christfest unter den Menschen feiern, wie es der Wunsch des Abtes Johannes war«, sagte er.

Da blieb der Räubervater stumm und bleich stehen, aber die Räubermutter sagte in seinem Namen: »Abt Johannes hat sein Wort getreulich gehalten, so wird auch der Räubervater das seine halten.«

Doch als der Räubervater und die Räubermutter aus der Räuberhöhle fortzogen, da zog der Laienbruder ein, hauste einsam im Wald und verbrachte seine Zeit in unablässigem Gebet, damit ihm seine Hartherzigkeit verziehen werde.

Und niemand darf ein strenges Wort über einen sagen, der bereut und sich bekehrt hat, wohl aber kann man wünschen, dass die bösen Worte des Laienbruders ungesagt geblieben wären, denn nie mehr hat der Göinger Wald die Geburtsstunde des Heilands gefeiert, und von seiner Herrlichkeit lebt nur noch die Pflanze, die Abt Johannes dereinst gepflückt hat.

Man hat sie Christrose genannt; und jedes Jahr lässt sie ihre weißen Blüten und ihre grünen Stängel um die Weihnachtszeit aus dem Erdreich sprießen, als könnte sie nie und nimmer vergessen, dass sie einmal in dem großen Weihnachtslustgarten gestanden hat.

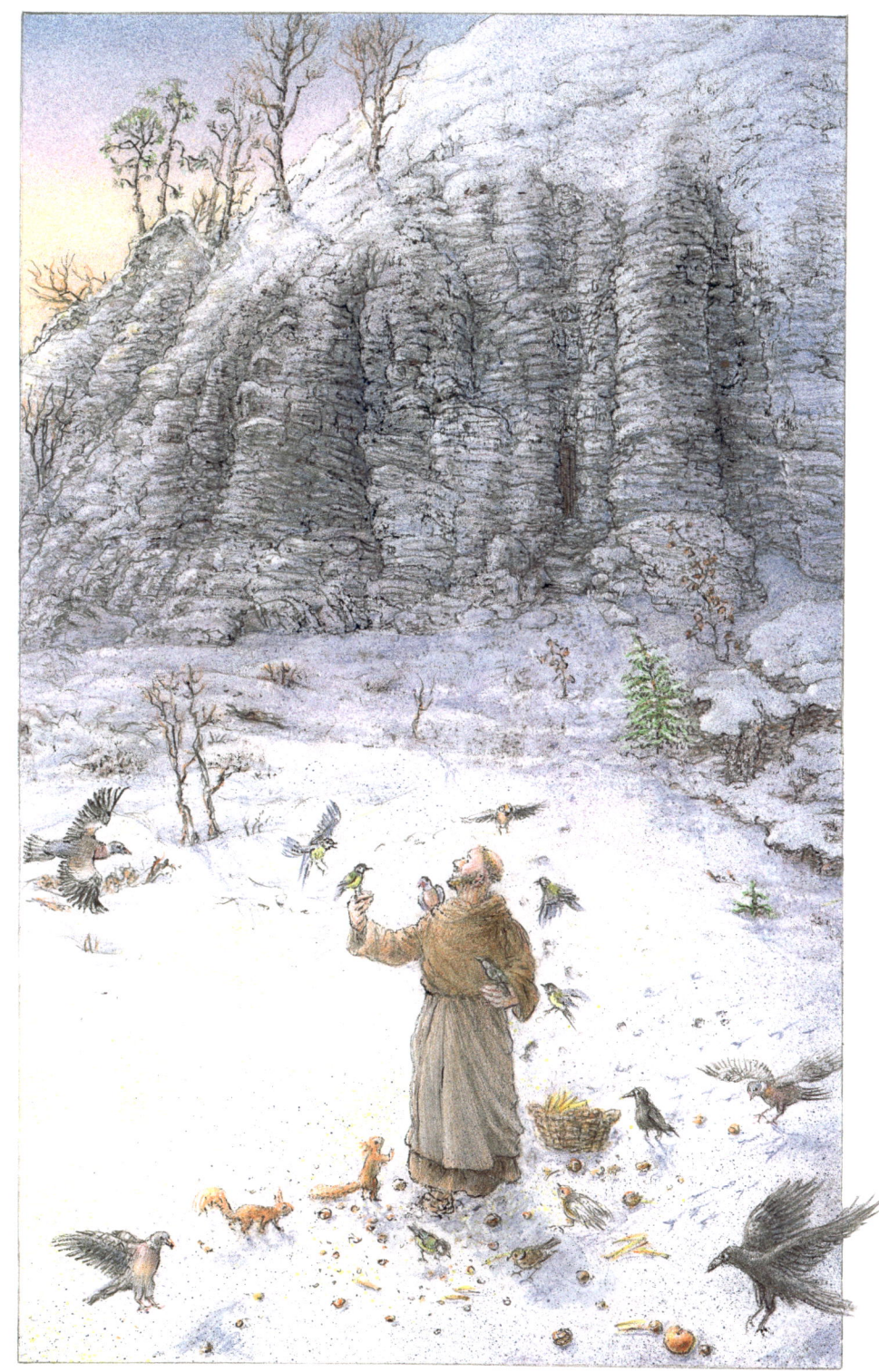

Aus dem Schwedischen von Marie Franzos

ISBN 978-3-8251-5400-4

2. Auflage 2025
Erschienen 2024 im Verlag Urachhaus
Landhausstraße 82 · 70190 Stuttgart
www.urachhaus.com

© 2024 Verlag Freies Geistesleben & Urachhaus GmbH, Stuttgart
Bei Fragen zur Produktsicherheit wenden Sie sich bitte an info@urachhaus.com
Gesamtherstellung: Grafisches Centrum Cuno, Calbe
Printed in Germany